AF312859

AVIS AUX FEMMES,

OU

LE MARI COLÈRE,

COMÉDIE

EN UN ACTE ET EN PROSE,

MÊLÉE D'ARIETTES;

Paroles de R. C. GUILBERT-PIXERÉCOURT,

Musique de P. GAVEAUX.

Représentée, pour la première fois à Paris, sur le théâtre de l'Opéra-Comique national, le 5 brumaire an XIII. (27 octobre 1804.)

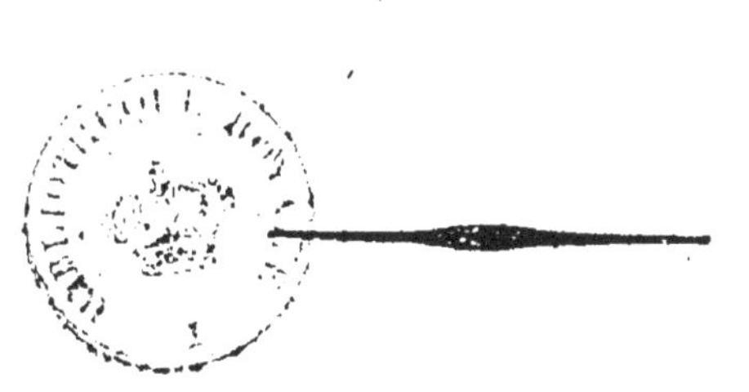

A PARIS,

Chez BARBA, Libraire, Palais du Tribunat, galerie du Théâtre Français, n°. 51.

AN XIII. (1804.)

PERSONNAGES.   ACTEURS.

SAINVILLE, jeune militaire, époux de
  Laure.   M. *Gavaudan.*
LAURE, mariée à Sainville depuis quinze
  jours.   Mme *Gavaudan.*
DORMONT, marin, oncle de Laure.   M. *Chenard.*
GERMAIN, vieux serviteur, homme de
  confiance attaché à Laure.   M. *Juliet.*
ANDRÉ, paysan, filleul de Germain. M. *Lesage.*

La scène est dans une maison de campagne peu
éloignée de Paris.

AVIS AUX FEMMES,

OU

LE MARI COLÈRE.

Le théâtre représente un joli salon de campagne au rez-de-chaussée. On apperçoit le jardin à travers la porte du fond et les croisées qui sont ouvertes. Il y a deux portes latérales, celle de droite conduit à l'appartement de Laure, et l'autre à celui de Sainville. Deux tables, des siéges, une harpe, un pupitre, un violon, etc. L'action commence à huit heures du matin.

SCENE PREMIERE.

DORMONT, ANDRÉ.

(On sonne en dehors : André traverse le jardin, va ouvrir, et fait entrer Dormont dans le salon.)

ANDRÉ.

Qu'est-ce qu'y a pour vot' service, Monsieur?

DORMONT.

Ma nièce est-elle visible?

ANDRÉ.

Vot' nièce !... ah! ah ! je vois... c'est apparemment vous qu'êtes c't'oncle qu'on attend.

DORMONT.

C'est moi-même.

ANDRÉ.

M. Dormont, n'est-ce pas?

DORMONT.

Précisément.

ANDRÉ.

Eh ben ! vous m'croirez si vous voulez, mais j'sis ben aise d'faire vot' connaissance.

DORMONT, *riant.*

En vérité !

ANDRÉ.

C'est qu'Monsieur a ben l'air d'un honnête homme.

DORMONT.

Il est plaisant ! — Dis moi, mon ami, ma nièce est elle visible ?

ANDRÉ.

Oui, Monsieur, all' doit être visible. Par exemple, all' pourrait ben n'pas être encore éveillée.

DORMONT, *rit et tire sa montre.*

Je le crois ! j'ai fait diligence, il est à peine huit heures. Eu ce cas, je vais me reposer en attendant.

ANDRÉ, *lui présentant un siège.*

Oui, Monsieur, donnez vous la peine d'vous asseoir, ça m'f'ra plaisir.

DORMONT.

Du moment que cela te fait plaisir, je n'ai rien à te refuser. Il me paraît qu'il n'y a pas long-tems que tu sers ici ?

ANDRÉ.

Non, Monsieur, j'sis tout neuf.

DORMONT, *souriant.*

Je m'en apperçois.

ANDRÉ.

J'veux dire que j'n'y suis que depuis hier. Comme il n'y a plus ici que l'intendant, mon parrain avait besoin pour l'aider de quelqu'un...

DORMONT.

Qui est ton parrain ?

ANDRÉ.

C'est l'vieux Germain, jardinier et concierge du château d'père en fils.

DORMONT.

Je le connais.

ANDRÉ.

Comme j'vous disais donc, il avait besoin, pour l'aider, d'un garçon alerte, intelligent...

DORMONT.

Et on t'a choisi ?

ANDRÉ.

Comme vous voyez. (*il s'appuie familièrem ent sur le fauteuil de Dormont.*) Et vous , Monsieur , v'nez-vous d'ben
loin comm'ça ?

DORMONT.

De Brest , mon ami. (*il se lève.*) Mais je suis impatient
d'embrasser ma nièce.

ANDRÉ.

Attendez , Monsieur, j'vas vous dire si vous pouvez . . .
(*il va près de la porte de l'appartement de Laure et crie à
tue tête.*) Madame , êtes vous r'veillée ?

DORMONT.

Veux-tu bien ne pas crier si fort ?

ANDRÉ.

C'est pour savoir si all' dort.

DORMONT.

Et non , non , je veux la surprendre.

ANDRÉ , *aussi fort.*

C'est qu'Monsieur vot' oncle est là qui veut vous surprendre.

DORMONT.

Peste soit du nigaud !

<hr>

SCENE II.

LES PRÉCÉDENS, GERMAIN.

GERMAIN , *à André sans voir Dormont.*

Veux-tu bien te taire ? qui est-ce qui a jamais vu faire un
pareil tapage ? est-ce que tu es fou donc ?... Allons , va-t-
en là-bas , imbécile.

ANDRÉ.

C'n'est pas ma faute. M. Dormont voulait savoir si sa
nièce était visible.

GERMAIN , *se retourne et aperçoit Dormont.*

Vous ici , M. Dormont ! je vous demande bien pardon de
ne vous avoir pas vu d'abord ; mais c'est ce nigaud qui en
est cause. — Allons va t'en , que je te dis...

ANDRÉ.

C'est bon, je m'en vas. (*à part.*) Soyez donc obligeant !
comme on vous récompense !

SCENE III.
DORMONT, GERMAIN.

GERMAIN.

Vous vous portez bien, Monsieur, à ce qu'il me paraît.

DORMONT.

Pas mal, bon Germain, je te remercie.

GERMAIN.

Nous avons craint que vous ne fussiez malade, en ne vous
voyant point arriver pour le mariage de votre nièce.

DORMONT.

Elle est mariée !

GERMAIN.

Oui, Monsieur.

DORMONT.

Avec Sainville !

GERMAIN.

Oui, Monsieur.

DORMONT.

On a donc devancé l'époque à laquelle était fixé ce mariage ? car, d'après la lettre de Laure et suivant mon calcul,
je comptais arriver au moins huit jours avant.

GERMAIN.

C'est vrai, Monsieur. Le tuteur de ma jeune maîtresse,
forcé de se rendre à Grenoble pour le jugement d'un procès,
et craignant que son absence ne fut un peu longue, n'a pas
voulu retarder ce qu'il appelle le bonheur de ces jeunes
gens ; on les a mariés il y a aujourd'hui quinze jours : il est
parti le lendemain, et depuis huit jours que tous les amis
et parens sont retournés à Paris, Monsieur et Madame sont
seuls en ce château.

DORMONT.

Ah ! Germain, ce mariage me désespère !

GERMAIN.

Vous n'êtes pas le seul, Monsieur.

DORMONT.

Je venais ici pour le rompre.

GERMAIN.

Plut à Dieu que vous fussiez arrivé à tems !

DORMONT.

Il me paraît qu'on ne m'a point trompé sur le compte de Sainville ?

GERMAIN.

Cela peut bien être.

DORMONT.

Un de mes amis, vieux militaire, homme sage et impartial, qui s'est trouvé en garnison avec lui, me l'a dépeint comme ayant la plus mauvaise tête, le caractère le plus irascible !...

GERMAIN.

C'est à peu près cela.

DORMONT.

Il ne m'a pas dit cependant qu'il eut le cœur vicieux.

GERMAIN.

Je crois bien que le fond n'est pas mauvais ; à travers ses emportemens, j'ai même remarqué des lueurs de sensibilité, et peut-être une leçon un peu forte suffirait elle pour le ramener à la raison ; mais en attendant il tourmente, il chagrine ceux qui l'entourent, et je vous avoue franchement que, sans mon attachement pour Madame, j'aurais déjà déserté la maison.

DORMONT.

Comment ! en si peu de tems, Laure aurait eu à souffrir de ses emportemens ?

GERMAIN.

Oui, Monsieur ; c'est au point que cela prend sur son caractère. Vous l'avez connue vive, enjouée, folâtre, espiégle ; eh bien ! depuis son mariage plus rien de tout cela ; elle devient rêveuse, sombre ; vraiment cela me perce l'âme.

DORMONT.

Ma pauvre Laure ! pourquoi faut-il que les devoirs de mon état m'aient empêché de veiller moi-même à ton établissement ?

GERMAIN.

ul l'ai vu naître, qui l'ai pour ainsi dire élevée,
que son bonheur ne me soit pas cent fois plus
ien, et que je puisse être insensible aux cha-
lui prépare? car, tenez, Monsieur, j'y vois
ela continue, elle sera malheureuse avec cet

DORMONT.

use !... ma nièce !

GERMAIN.

nsieur, elle sera malheureuse, et cela me cha-
coup, car elle est si bonne !... si douce ! cette
femme !...

DORMONT.

, cet insensé ?... que je le voie, que je lui parle...

GERMAIN.

a chasse depuis ce matin.

DORMONT.

l'attends... et nous verrons, nous verrons !

DUO.

GERMAIN.

Cette maison est un enfer,
Où du matin au soir on gronde ;
Monsieur maltraite tout le monde
Non, jamais je n'ai tant souffert.

DORMONT.

Comment, avec ce caractère,
Ma nièce l'a-t-elle épousé ?

GERMAIN.

Avant la noce, le rusé
Vraiment ne s'est point avisé
De montrer ce qu'il savait faire.

DORMONT.

Morbleu ! j'étouffe de colère !

GERMAIN.

Son maintien était composé ;
En voyant la douceur peinte sur son visage,
Vous eussiez dit qu'il avait en partage
Toutes les qualités d'un sage.
Ici, chacun en était enchanté ;
Mais au bout de huit jours, ah ! quelle différence?

livre à sa vivacité,
La colère et la violence
Ont remplacé la douceur, la bonté.
Ah! mon dieu! quelle différence!

DORMONT.

Et qu'oppose ma nièce à toute sa fureur?

GERMAIN.

La patience et la douceur d'un ange.

DORMONT.

Ah! vraiment, je prétends qu'il change,
J'emploirai tout, tout jusqu'à la rigueur.

GERMAIN.

La cure est difficile.

DORMONT.

Oh! que j'y parviendrai.

GERMAIN.

Ce sera vous montrer habile.

DORMONT.

changera, soit de force ou de gré.

GERMAIN.

Monsieur, je vous croirai
Quand il sera docile.
Cette maison est un enfer, etc.

DORMONT.

Ma pauvre Laure! aimable enfant!
Le soin de ton bonheur me presse:
Avant peu tu seras maîtresse,
Tu le seras, j'en fais serment.

SCENE IV.

LES PRÉCÉDENS, LAURE.

N, *montrant Laure qui sort de son appartement.*
là!

ONT, *allant au-devant d'elle et l'embrassant.*
ur, ma chère enfant!

LAURE.

s bien le droit de vous faire quelques reproches sur
ard, mon oncle; mais je vous vois, je vous em-
t tout est oublié.

DORMONT.

ceux que tu pourrais m'adresser n'égaleraient pas
e je me fais àmoi-même.

x Femmes.   B

LAURE.

C'est mettre trop d'importance à une plaisanterie.

DORMONT.

Une plaisanterie ! plût au ciel ! mais le mal est fait, il faut le réparer.

LAURE.

Je ne vous comprends pas, mon oncle.

DORMONT.

Réponds-moi franchement. Laure, tu n'es point heureuse avec ton mari ?

LAURE.

Moi, mon oncle !

DORMONT.

Je le sais.

LAURE.

Je vous assure...

GERMAIN, *à part.*

Oh ! elle n'en conviendra pas.

DORMONT.

Je sais que n'étant plus contraint depuis quelques jours par la présence des personnes qui pouvaient modérer la fougue de son caractère, et n'ayant plus, d'ailleurs, aucun intérêt à dissimuler, Sainville se livre à toute sa violence, et que déjà tu as eu à souffrir de ses emportemens.

LAURE.

On vous a trompé, mon oncle ; Sainville est incapable de pareils procédés.

DORMONT, *à part.*

Elle le défend, tant mieux, je l'en estime davantage ! (*haut.*) Ainsi donc, tu es parfaitement heureuse avec lui.

LAURE.

Parfaitement heureuse !

GERMAIN, *à part.*

Je n'y tiens pas !

DORMONT.

Et tu ne desires rien ?

LAURE.

Que de vous voir entièrement rapproché de nous.

DORMONT.

Excellente enfant !

GERMAIN, *à part.*

Il faut que j'éclate. (*haut.*) Je vous demande bien pardon, Madame, si je vous contredis ; mais c'est qu'aussi, c'est trop fort, et il n'y a pas moyen d'y tenir... Oh ! vous avez beau me faire des signes, cela m'est égal.

LAURE.

Germain, je vous ordonne...

GERMAIN.

De me taire, n'est-ce pas ? j'en suis fâché ; mais il est trop tard pour vous obéir, car j'ai tout raconté à Monsieur.

LAURE.

Comment !...

GERMAIN.

Oui, j'ai dit qu'il était affreux qu'une femme jeune, belle et bonne fut sacrifiée à un homme...

LAURE.

N'oubliez pas qu'il est mon époux et votre maître.

GERMAIN, *avec chaleur.*

Eh ! morgué ! c'est justement-là ce qui me fâche ; sans cela je ne lui en voudrais pas tant. Si le mal était irréparable, j'aurais tout caché ; mais il est encore tems d'y remédier, et c'est pour cela que j'ai dû instruire M. Dormont. Tenez, j'ai vu souvent dans notre jardin deux arbrisseaux à-peu-près du même âge, croître et s'élever l'un auprès de l'autre ; tandis que l'un grandissait à vue d'œil, l'autre, pauvre petit, enveloppé par les rameaux du plus fort se courbait, et on l'aurait vu périr si ma main bienfaisante n'était venue le secourir et le dégager de ses liens. (*à Laure.*) C'est vous qui êtes le faible arbrisseau ; c'est Monsieur qui est la main bienfaisante, et si j'en crois son expérience et son cœur, il saura ramener ici le calme et la paix.

DORMONT.

Oui, sans doute, je l'y ramènerai.

LAURE.

Vous me faites trembler !

DORMONT.

Sois tranquille, mon enfant ; j'y mettrai d'abord de la modération ; mais, morbleu ! si Sainville ne se rend point à mes avis , s'il ne me promet pas de changer de conduite ; c'est alors qu'il verra de quoi je suis capable.

LAURE.

Ah ! Germain , qu'avez-vous fait ?

GERMAIN.

Mon devoir, Madame , et je recommencerais encore s'il le fallait.

DORMONT.

C'est donc à dire que, si je n'avais été instruit par ce brave homme, tu ne m'aurais point ouvert ton cœur, et que je n'aurais rien su de tes chagrins?

LAURE.

Jamais , mon oncle.

COUPLETS.

Une femme prudente et sage
Se fait un devoir d'oublier
Des torts qu'on ne peut publier
Sans nuire à l'honneur du ménage ;
Car tous ceux que son cœur aigri,
Prête à l'époux qu'elle diffame,
Loin de décrier le mari,
Retombent toujours sur la femme.

Second couplet.

Le mariage est un mélange
De peine et de plaisirs bien doux ;
Mais pour captiver un époux,
Il faut qu'il gagne à cet échange.
Ah ! pour combler tous ses désirs
Et lui faire chérir ses chaines,
Qu'il prenne pour lui les plaisirs
Et moi je garderai les peines.

DORMONT, *à part.*

Quelle délicatesse ! (*haut.*) Avec ces beaux sentimens on est malheureuse toute sa vie. C'est aujourd'hui, c'est à l'instant même qu'il faut agir.

SCENE V.

LES PRÉCÉDENS, ANDRÉ.

ANDRÉ, *accourant.*

Ah ! mon dieu , ah ! mon dieu !

DORMONT.

Qu'est-ce donc ?

ANDRÉ.

Je ne sais où me fourer.

GERMAIN.

Veux-tu bien t'expliquer ?

ANDRÉ.

Vous savez ben, mon parrain, Médor, l'chien d'chasse d'Monsieur, qu'Madame lui a donné et qu'all' aime tant ?

LAURE.

Eh bien !

ANDRÉ.

Eh ben ! Madame, il est défunt.

GERMAIN.

Comment cela ?

ANDRÉ.

M. Sainville vient d'le tuer.

LAURE.

De le tuer !

ANDRÉ.

J'étais sur la terrasse au bout du jardin, et voici comme ça s'est passé. Monsieur chassait un lièvre dans la plaine, Médor courait après, c'est dans l'ordre ; mais v'là qu'en courant, il fait envoler des perdrix ; alors, Monsieur l'appelle et lui dit, en lui montrant les perdrix : « Tout beau, Médor ; arrête, arrête, Médor ! » L'diable d'chien qui aimait mieux attraper l'lièvre qu'les perdrix, va toujours son train , sans écouter Monsieur qui s'égosillait à crier : Tout beau ! Enfin , impatienté d'voir que l'chien n'voulait pas lui obéir , il tire un coup de fusil, pan !... Je ne sais si c'était sur l'lièvre ou l'chien, ou ben si c'était pour leur faire peur , mais c'que j'sais , c'est que l'chien s'est arrêté tout d'suite et qu'il n'a plus bougé.

GERMAIN.

Pauvre animal !

ANDRÉ.

Il n'a pas été plutôt à bas que Monsieur a couru vers lui, l'a caressé , l'a embrassé en l'appelant son bon Médor ! son pauvre Médor ! vraiment, ça m'a fait une peine !... *(il san-*

glotte.) Quand il a vu qu'il était mort tout d'bon , il s'est mis à élever les mains en l'air, à frapper du pied ; puis il a repris l'chemin du château en gesticulant comme un fou : ma foi , ça m'a fait peur, et pour n'pas attraper la bordée, j'lui ai ouvert la porte d'avance, puis je m'suis sauvé comme vous avez vu... et me v'là.

DORMONT.

Eh bien ! Laure...

LAURE.

Je conviens qu'il est un peu vif ; mais son cœur est bon , je vous l'assure.

DORMONT.

S'il ne l'était pas, je désespérerais de le corriger. Si tu m'opposes encore la moindre résistance , je pars, je t'abandonne pour n'être pas témoin d'un mal que tu ne peux empêcher, et tu ne me reverras que lorsque tu seras entièrement résolue à suivre mes conseils.

LAURE.

Ordonnez, mon oncle , je suis prête à vous obéir.

DORMONT, *l'embrassant.*

A la bonne heure !

ANDRÉ, *à part, avec un air d'effroi.*

Ah ! mon dieu ! qu'est-ce qu'il veut donc faire ?

DORMONT.

Ah ! ça, mes enfans , il faut, jusqu'à nouvel ordre, cacher soigneusement mon arrivée à Sainville.

ANDRÉ.

Ah ! il n'faut pas qu'Monsieur sache qu'Monsieur est ici!... bon ! bon ! vous faites ben de m'prévenir, parce que c'est la première chose qu'j'allais lui dire.

DORMONT.

J'conçois un projet tant soit peu bizarre, mais qui doit réussir. L'expérience a prouvé plus d'une fois qu'on peut corriger un homme atteint d'un défaut ou même d'un vice essentiel, en lui montrant dans un autre sa propre difformité; ce moyen à la fois utile et moral, me paraît infiniment préférable à l'aigreur et aux reproches qui ne font souvent qu'aggraver le mal sans y apporter de remède. Entrons chez toi , ma nièce, je vais vous instruire du rôle que chacun doit jouer.

ANDRÉ.

Oui, entrons et dépêchons-nous, car je l'crains comme le feu, c'M. Sainville.

DORMONT, *arrêtant André.*

Au contraire, reste ici, toi. (*il parle bas à Germain.*)

ANDRÉ, *ébahi.*

Moi ?

GERMAIN.

Soyeztranquill e, Monsieur.

DORMONT, *à Germain.*

Tu vas nous rejoindre.

GERMAIN.

Oui , Monsieur.

DORMONT.

Viens , ma nièce.

LAURE.

Je m'abandonne à vous.

(*Ils entrent dans l'appartement de Laure.*)

SCENE VI.
GERMAIN, ANDRÉ.

ANDRÉ.

Comment, que j'reste ici ?

GERMAIN.

Sans doute. Est-ce que tu n'entends pas le français ? M. Dormont veut que tu restes ici.

ANDRÉ.

Et pourquoi faire ?

GERMAIN.

Il a ses raisons , apparemment.

ANDRÉ.

Et moi , j'ai les miennes pour n'y pas rester.

GERMAIN.

Veux-tu bien faire ce qu'on te dit , voyons !

ANDRÉ.

Oui, j'veux ben faire c'qu'on m'dit ; mais je n'veux pas rester ici.

GERMAIN.

Oh ! pour ce qui est de cela ; tu y resteras ou tu auras affaire à moi. Ecoute, et dépêchons-nous, car Monsieur va rentrer. Quand M. Sainville arrivera, il sera bien en colère.

ANDRÉ.

C'est justement c'qui m'fait peur.

GERMAIN.

Il te parlera.

ANDRÉ.

Il m'semble déjà l'entendre avec sa grosse voix.

GERMAIN.

Ah ! ça, m'écouteras-tu ?... A toutes les questions qu'il te fera, tu lui répondras bien poliment que tu n'en sais rien, ou que tu ne crois pas, ou que cela peut bien être... quelque chose comme cela... Tu m'entends bien ?... ne va pas me faire quelques bévues ?

ANDRÉ.

Comment, je ne lui dirai que ça ?

GERMAIN.

Non.

ANDRÉ.

Mais il se fâchera.

GERMAIN.

Tant mieux.

ANDRÉ.

J's'rai battu.

GERMAIN.

Peut-être bien.

ANDRÉ.

Comment, peut-être bien !

GERMAIN.

Fais ce qu'on te dit, et ne t'embarrasse pas du reste. Le voici.

ANDRÉ.

Je m'sauve.

GERMAIN.

Si tu bouges, je te chasse et tu ne remettras jamais les pieds dans le château. Songe bien à ce que je te dis. (*il entre chez Laure.*)

ANDRÉ.

Allons, me voilà résigné.

SCENE VII.

SAINVILLE, ANDRÉ.

(Sainville entre sur la ritournelle de l'air suivant ; dans la colère qui l'anime , il frappe la terre de son fusil et le brise.)

ANDRÉ, *à part, après avoir tressailli.*

Du moins, s'il m'tue, ce n's'ra pas d'un coup d'fusil.

SAINVILLE, *se promène comme un homme égaré sans voir André.*

AIR.

Funeste emportement,
Aveugle frénésie,
Vous ferez le tourment,
Le malheur de ma vie !
Je ne respecte rien,
Dans ma fureur extrême,
Ni devoir, ni lien,
Ni l'épouse que j'aime ;
N'est-il pas de moyen
De me rendre à moi-même ?

Funeste emportement,
Aveugle frénésie,
Vous ferez le tourment,
Le malheur de ma vie !

Entrons chez Laure et ne craignons pas de lui avouer... *(il se retourne pour entrer chez Laure , et apperçoit André planté comme un therme , tenant son chapeau à deux mains et tremblant de tous ses membres.)* Que fais-tu là ?

ANDRÉ, *à part.*

Ah ! mon dieu ! (*haut.*) J'n'en sais rien , Monsieur.

SAINVILLE.

Tu m'écoutais, je pense ?

ANDRÉ.

Ça peut ben être , Monsieur.

SAINVILLE. *A chaque réponse il s'enflamme davantage et élève toujours plus la voix. André se désespère.*

Comment, coquin !

Avis aux Femmes.   C

ANDRÉ.

Je n'dis pas ça, Monsieur.

SAINVILLE.

Pourquoi ai-je trouvé la porte ouverte et personne auprès ?

ANDRÉ.

J'n'en sais rien, Monsieur.

SAINVILLE.

Tu dois le savoir. (*à part.*) Le sot !

ANDRÉ, *à part.*

Pardi ! je l'sais bien.

SAINVILLE.

Ma femme est-elle chez elle ?

ANDRÉ.

Ça peut bien être, Monsieur.

SAINVILLE.

Penses-tu que je garderai long-tems un imbécile comme toi?

ANDRÉ.

Je n'crois pas, Monsieur.

SAINVILLE.

Qui n'est propre qu'à me donner de l'humeur.

ANDRÉ.

Ça, c'est vrai !

SAINVILLE.

Enfin, dis-moi, à quoi es-tu bon ?

ANDRÉ.

J'n'en sais rien, Monsieur.

SAINVILLE.

Sa tranquillité me démonte. Il semble qu'il le fasse exprès pour me fâcher.

ANDRÉ.

Ça peut ben être, Monsieur.

SAINVILLE.

Oh ! va-t-en, butor, et que je ne te revoie jamais. (*il le prend par le bras et le pousse rudement dans le jardin.*)

ANDR.

Je savais bien, moi, que j'serais battu. (*il sort.*)

SCENE VIII.

SAINVILLE, LAURE, *en dehors.*

LAURE, *dans son appartement et très-haut.*

Vous sortirez , vous dis-je , et sur-le-champ.

SAINVILLE , *s'approchant de la porte.*

Qu'est-ce que cela ? on se dispute chez Laure !

LAURE.

Hein ! vous vous plaindrez à mon époux ? insolent ! sachez
que lorsque j'ai pris une résolution, il n'est personne au
monde qui soit capable de m'en faire changer.

SAINVILLE, *avec surprise.*

Quel ton !

LAURE.

Pas plus M. Sainville qu'un autre.

SAINVILLE.

C'est un peu fort.

LAURE.

Vous imaginez donc qu'il est le seul maître ici ?

SAINVILLE.

C'est ainsi que je l'entends.

LAURE.

Détrompez-vous ; je le quitterais sur-le-champ s'il se per-
mettait de contrarier la moindre de mes volontés.

SAINVILLE.

Est-ce bien Laure que j'entends ? je veux savoir d'où naît
cette querelle et quel en est l'objet. (*il veut ouvrir la porte.*)
Ah ! l'on s'est enfermé. (*il frappe.*) Point de réponse... Holà !
quelqu'un. Germain ! Germain !

SCENE IX.

SAINVILLE, GERMAIN.

GERMAIN , *jouant la surprise.*

Comment, Monsieur est ici ? je ne savais pas que Monsieur
fut de retour.

SAINVILLE, *à part.*

On me croyait encore absent ; c'est cela. (*haut.*) Dis-moi, Germain, on se querellait à l'instant chez Madame.

GERMAIN, *feignant d'être embarassé.*

Je ne crois pas , Monsieur.

SAINVILLE.

J'en suis sûr , j'ai tout entendu.

GERMAIN, *à part.*

Tant mieux ! (*haut.*) Je ne sais pas ce que Monsieur veut dire.

SAINVILLE.

Tu le sais ; je le vois à ton embarras. Parle , je te l'ordonne. Qui était avec Laure, et quel était le motif de sa colère ?

GERMAIN.

Puisque Monsieur a tout entendu , il doit savoir que madame donnait congé à son intendant.

SAINVILLE.

Sans m'avoir consulté , lorsque j'ai le plus grand besoin de ses services , lorsque j'attends demain nombreuse compagnie ! — Et pour quelle raison ?

GERMAIN.

Je l'ignore.

SAINVILLE.

En vérité , cela est fort singulier.

GERMAIN.

Je ne me permets pas de juger les actions de mes maîtres.

SAINVILLE.

Comment ! les actions . . . mais c'est la première fois que j'entends une pareille scène.

GERMAIN.

La première fois , Monsieur ! En vérité ?... c'est étonnant.

SAINVILLE.

Il arrive donc souvent que...

GERMAIN.

Je ne dis pas cela, Monsieur.

SAINVILLE.

Tu es instruit, parle.

GERMAIN.

Ne m'interrogez pas Monsieur, souffrez que je me retire.

SAINVILLE.

Tu ne fais qu'exciter plus vivement ma curiosité. Réponds, je l'exige.

GERMAIN.

Eh quoi ! Monsieur, vous exigez d'un vieux serviteur un aveu...

SAINVILLE.

Duquel dépend mon repos, ma tranquillité et la conduite que je dois tenir.

GERMAIN.

Pourquoi faut-il que vous soyez revenu plutôt que de coutume ? vous auriez ignoré, quelque tems encore, ce qui se passe ici.

SAINVILLE.

Il s'y passe donc en mon absence des scènes...

GERMAIN.

Terribles, Monsieur ! mais comme c'est moi qui le plus souvent en suis l'objet, on m'aurait tué plutôt que de m'arracher une seule plainte.

SAINVILLE.

Pauvre Germain ! comment toi, le plus ancien serviteur de la maison, tu as eu aussi à souffrir de ses mauvais traitemens ?

GERMAIN.

Plus qu'un autre, Monsieur. Mais Madame possède d'ailleurs tant d'excellentes qualités ; elle sait si bien réparer les torts qu'elle croit avoir eus, qu'on serait presque tenté de provoquer ses emportemens, ne fut-ce que pour jouir de la grâce avec laquelle elle sait les faire oublier.

SAINVILLE.

Chaque mot redouble ma surprise. Un caractère aussi violent avec une figure si douce ! eh bien ! fiez-vous donc aux apparences !

GERMAIN.

Il est sûr que tout le monde y aurait été pris comme Monsieur. Et moi, qui croyais bonnement que Monsieur était instruit et qu'il faisait quelquefois le méchant exprès pour corriger Madame !

SAINVILLE.

Du tout. J'étais loin de m'en douter. Mais pourquoi ne m'as-tu pas instruit plutôt ?

GERMAIN.

Franchement, Monsieur , je ne le pouvais pas. D'ailleurs vous ne m'auriez pas cru.

SAINVILLE.

En effet, cela n'est pas croyable. S'il était possible de m'abuser encore sur la vérité, je croirais que tout ceci n'est qu'un songe.

GERMAIN.

Cependant je vous jure que si j'avais eu l'honneur de connaître Monsieur il y a un mois, comme je le connais aujourd'hui , je me serais fait un vrai plaisir, un devoir même d'empêcher son mariage.

SAINVILLE.

Oh ! sois tranquille, j'y mettrai bon ordre. Jamais personne ne m'a fait la loi : et tu sens que je la recevrai bien moins de ma femme que de tout autre.

GERMAIN, *à part.*

C'est ce que nous verrons !

SAINVILLE.

Tu conçois que si je passais une première fois un semblable caprice , il n'y aurait pas de raison pour qu'elle ne te chassât à ton tour. Germain , passe chez Madame, et dis lui que je l'attends ici.

(*Il se promène avec beaucoup d'agitation sans voir Laure qui entr'ouvre la porte de sa chambre.*)

GERMAIN, *bas à Laure.*

Cela va bien. A votre tour, Madame.

SAINVILLE.

En vérité ! cela est d'une audace qui ne se conçoit pas.

LAURE, *à part.*

Il m'en coute de l'affliger ; mais qu'est-ce qu'un moment de chagrin auprès du bonheur de la vie ?

GERMAIN, *à part.*

Allons retrouver l'oncle. (*haut.*) Voici Madame. (*il sort.*)

SCENE X.

SAINVILLE, LAURE.

LAURE, *gaîment.*

Bon jour, mon ami. (*elle va l'embrasser.*) Ta chasse a-t-elle été heureuse ?

SAINVILLE, *d'un ton sec.*

Fort heureuse, Madame.

LAURE.

Madame !... est-ce que tu boudes ?

SAINVILLE.

Du tout, Madame. Je voudrais bien savoir de quel droit vous vous permettez de renvoyer mes gens sans me consulter ?

LAURE.

Ah ! on t'a dit...

SAINVILLE, *avec sévérité.*

J'ai tout entendu.

LAURE, *gaîment.*

En vérité.

SAINVILLE.

Oui, Madame. D'ailleurs je suis instruit par Germain...

LAURE, *avec humeur.*

Germain ! il est bien hardi !...

SAINVILLE, *à part.*

Il ne m'a pas trompé !

LAURE, *à part.*

Il donne dans le piège !

SAINVILLE.

Oui, Madame. Je sais tout.

LAURE.

Tu sais tout ! ah ! mon ami, de quel poids tu soulages mon cœur ! je n'osais t'avouer que je fusse atteinte de ce défaut insupportable ; je faisais tous mes efforts pour le dis-simuler et me contraindre en ta présence ; mais ce rôle était trop pénible , ~~il me~~ devenait de jour en jour plus difficile à jouer. Oui, je te l'avoue, Sainville, je rends grâce au hasard qui t'a fait découvrir un secret que je me reprochais de te cacher aussi long-tems.

SAINVILLE, *à part.*

Ah ! que ne l'ai-je ignoré toujours ! (*haut.*) Mais enfin, pourquoi vous êtes vous permis de renvoyer d'ici, sans mon aveu, un homme dont les services me sont nécessaires ?

LAURE, *avec fermeté.*

Parce que je ne dois pas souffrir qu'un valet se permette des observations quand je commande.

SAINVILLE, *étonné et se modérant à mesure que Laure prend un ton plus décidé.*

Ce n'est pas non plus mon intention ; mais au moins vous auriez dû songer que recevant demain nombreuse compagnie...

LAURE.

C'est un malheur. Mais où en serait-on s'il fallait toujours réfléchir avant de se livrer à sa vivacité ? on ne s'emporterait jamais.

SAINVILLE.

On ferait beaucoup mieux, Madame. Il sera fort désagréable de renvoyer des amis...

LAURE.

N'as-tu pas congédié sur les plus légers prétextes, cinq à six de mes gens ?

SAINVILLE.

Ai-je eu tort ?

LAURE.

Au contraire, mon ami. C'est le seul moyen d'être parfaitement servi.

SAINVILLE.

C'est aller un peu loin.

LAURE.

Non. Ces gens là sont des esclaves qui doivent nous être soumis aveuglément et auxquels nous ne devons pas permettre d'avoir le moindre défaut.

SAINVILLE.

Comme tu exagères ! (*avec douceur.*) Laure, mon amie, cesse une plaisanterie qui m'afflige.

L A U R E.

Rien n'est plus sérieux , je t'assure. Je vois avec plaisir que le ciel nous a faits l'un pour l'autre , et qu'il existe entre nos caractères une sympathie , une conformité étonnante.

S A I N V I L L E.

Mais comment se peut-il que depuis que je te connais, tu ne m'ayes jamais donné lieu de soupçonner seulement que tu fusses atteinte du même défaut que moi ?

L A U R E.

La chose est toute simple et tu vas en juger. Tendrement chérie d'une mère qui s'aveuglait sur mes défauts et n'était occupée qu'à parer son idole et à admirer les grâces qui , dit-on , se développèrent en moi de bonne heure , elle ne chercha point à modérer la violence de mon caractère. A dix ans je battais tout le monde , mes jeunes amis , les domestiques et jusques à mes maitres. Voulait-on me punir ? j'avais toujours quelqu'espiéglerie à faire ou à dire ; ma mère trouvait cela charmant , et j'étais pardonnée. C'est ainsi que ma pétulance , n'étant jamais réprimée , s'accrut avec le tems et devint une habitude que je crois incorrigible.

S A I N V I L L E.

Est-il possible !

L A U R E.

Lorsque j'eus perdu ma mère, et que confiée aux soins d'un tuteur , il fut question de m'établir , cet homme sage me fit des observations qui me frappèrent beaucoup. Que pensera votre époux, me dit-il , en découvrant en vous ce caractère violent et emporté ? ne sachant peut-être pas que ce défaut peut s'allier avec un bon cœur , il vous regardera comme un monstre, il maudira les liens qui l'uniront à vous, il vous haïra !... Je l'avoue, cette idée me fit frémir , elle eut peut-être suffi pour me corriger , car tu l'as vu, je me suis assez contenue, depuis que tu me connais , pour qui ne me soit pas échappé devant toi, un seul trait d'impatience, ce qui m'a prodigieusement couté. Mais quand j'ai vu que mon aimable ami avait le même défaut, j'ai pensé qu'il l'excuserait en moi et que je pourrais désormais m'y livrer sans contrainte.

SAINVILLE, *qui a paru rêveur pendant ces deux couplets.*

Ce que tu viens de dire me semble incroyable. Tu paraissais si douce !

LAURE.

Du tout, mon ami. Dès que j'éprouve la moindre contrariété, je ne suis plus maîtresse de moi, ma raison se perd, je deviens capable de tout.

SAINVILLE.

C'est comme moi. L'accès une fois passé, il n'y paraît plus, je suis désespéré de ce que j'ai fait, et je voudrais, au prix de ma vie, pouvoir réparer ma faute.

LAURE.

C'est aussi comme moi. Mais souvent je recommence au bout d'un quart-d'heure.

SAINVILLE.

C'est encore comme moi.

LAURE.

C'est terrible !

SAINVILLE.

Je commence à voir que c'est un défaut insupportable.

LAURE..

J'en conviens.

SAINVILLE.

Ma bonne amie, il faut absolument nous corriger.

LAURE.

C'est bien difficile.

SAINVILLE.

N'importe. Il faut tout faire pour y parvenir.

LAURE.

Et puis, cela nous donnerait tant de peine ! ayant tous deux le même défaut, nous serons nécessairement indulgens l'un pour l'autre.

SAINVILLE.

Sans doute ; mais...

LAURE.

Nous ferons quelquefois un bruit épouvantable ; mais aussi les racommodemens seront délicieux !

SAINVILLE.

Les racommodemens, dis-tu ?... tu comptes donc aussi t'emporter contre moi ?

LAURE.

Le moins que je pourrai, mon ami. Mais tu le sais, tu viens de l'éprouver à l'instant, c'est un mouvement indépendant du cœur, de la raison, et je ne puis répondre de moi.

SAINVILLE.

Quittons, ma chère Laure, cet entretien pénible, et cherchons à dissiper l'impression désagréable qu'il a pu laisser dans notre esprit.

LAURE.

Eh bien, faisons de la musique.

SAINVILLE.

Tout ce qui te plaira, ma bonne amie.

LAURE.

Tu m'accompagneras ?

SAINVILLE.

Volontiers !

(*Laure prend sa harpe et Sainville son violon.*)

LAURE.

J'ai là des couplets nouveaux que j'aime à la folie.

(*Elle chante en jouant de la harpe et accompagnée par Sainville.*)

COUPLETS.

On a cherché pendant long-tems
S'il est un mari sur la terre,
Qui joigne à tous les agrémens,
Esprit, bon cœur, doux caractère ;
On n'a pu réussir jamais
Dans cette recherche pénible ;
Car vouloir ces Messieurs parfaits,
C'est vouloir la chose impossible.

(*A la fin du couplet Sainville paraît mécontent.*)

LAURE, *feignant de ne pas s'en appercevoir.*

Mon ami, les deux derniers vers se répètent en duo.

SAINVILLE.

En duo !... (*à part.*) C'est un peu fort !... n'importe.

ENSEMBLE.

Car vouloir ces Messieurs parfaits,
C'est vouloir la chose impossible.

L A, U R E.

Second couplet.

Aux charmes de l'esprit, du cœur,
L'un joint la plus triste figure ;
L'autre avare, bourru, grondeur,
A tous les dons de la nature.
Mais à quoi bon sur ces portraits
Plus long-tems ici nous étendre?
Puisqu'ainsi le ciel les a faits,
Faute de mieux il faut les prendre.

(Au refrain du second couplet, Sainville piqué s'arrête tout à fait.)

S A I N V I L L E , *à part.*

Pour celui-là , je ne le répéterai pas.

L A U R E , *se retournant vers lui.*

Eh bien ! tu ne m'accompagnes plus ?

(Sainville va répondre, Laure continue et répète le refrain.)

Puisqu'ainsi le ciel les a faits,
Faute de mieux il faut les prendre.

S A I N V I L L E , *avec beaucoup d'humeur.*

Voilà des couplets bien ridicules.

L A U R E , *à part.*

Il est vrai que l'application est un peu dure !

S A I N V I L L E.

Il semble que tu les aies choisis exprès pour me faire de la peine.

L A U R E , *riant sous cape.*

Ah ! mon ami...

S A I N V I L L E , *piqué.*

A mon tour.

L A U R E.

Vous voulez chanter aussi ?

S A I N V I L L E.

Oui. Un impromptu de ma composition.

L A U R E.

Ah ! Monsieur veut se venger...

S A I N V I L L E.

Veux-tu bien m'écouter ?

L A U R E.

J'y consens ; mais prenez garde.

POLONAISE ET DUO.

SAINVILLE.

Voulez-vous d'un homme sage
Recevoir un bon avis ?
Jeune objet qu'hymen engage,
Ecoutez ce que je dis.

Quoique votre époux ordonne,
Il faut qu'il soit obéi ;
Toujours douce, toujours bonne,
N'ayez des yeux que pour lui.
S'il est quinteux ou colère,
A son fougueux caractère
N'opposez jamais d'aigreur,
Et qu'un aimable sourire
Calmant bientôt son délire,
Le ramène à la douceur.
Quoiqu'il fasse, quoiqu'il dise,
Montrez-vous souple et soumise ;
La loi de tous les pays
Exigeant, pour raison sage,
Que par un juste partage ,
L'empire soit...

L A U R E , *qui a manifesté de tems en tems l'humeur qu'elle feint d'avoir.*

Aux femmes.

SAINVILLE.

Aux maris.

L A U R E , *avec dépit.*

Vraiment on sait bien que les hommes,
Abusant des droits du plus fort ,
Se sont rendus maîtres de notre sort;
Et faibles que nous sommes,
Nous avons cédé jusqu'ici.
S'il arrive jamais aussi ,
Que le ciel aux mains d'une femme,
Remette le pouvoir que mon sexe reclame,
Avec usure alors nous vous rendrons, Messieurs ,
Ce que vous nous avez prodigué de rigueurs.

SAINVILLE.

Je le crois : mais en attendant...

Séparément puis ensemble.

Recevez d'un homme sage
Recevez un bon avis ;
Femmes que l'hymen engage,
Obéissez à vos maris.

LAURE.

Que tout mon sexe qu'il blesse,
Cède à ce joug odieux ;
Loin de moi cette faiblesse,
Je saurai briser mes nœuds.

SAINVILLE, *gaîment.*

Et bien, tu te fâches ?

LAURE, *avec colère.*

Allez, Monsieur, c'est affreux ! on ne se comporte pas
avec moins de ménagement.

(*Elle pousse sa harpe, déchire la feuille de musique, ren-
verse le pupitre et s'éloigne.*)

SAINVILLE, *voulant la retenir.*

Ma bonne amie !... Laure !... c'est une plaisanterie.

LAURE, *se dégageant et avec dignité.*

Laissez-moi, Monsieur, laissez-moi ! (*Sainville reste stu-
péfait, Laure voit Germain dans le fond, elle lui fait signe
de venir trouver Sainville, puis elle rentre en riant sous
cape après avoir dit à part.*) Pauvre Sainville !

SCENE XI.
SAINVILLE, GERMAIN.

SAINVILLE, *rêveur.*

Laure !... est-il bien possible ?... s'emporter à ce point
pour un mot !... ah ! combien de maux je prévois !... et qu'un
tel caractère doit nous causer de chagrins !

GERMAIN, *s'approchant par derrière, à part.*

Il réfléchit... c'est bon signe ! (*Il s'avance.*)

SAINVILLE, *sortant de sa rêverie.*

Qu'est-ce ?...

GERMAIN.

Monsieur m'a appellé ?

SAINVILLE.

Non.

GERMAIN.

Vous paraissez chagrin. (*Sainville pousse un soupir.*)
Vous n'êtes pas indisposé ?

SAINVILLE.

Eh ! non.

GERMAIN.

Qu'avez-vous donc , Monsieur?

SAINVILLE.

Rien. (*il s'éloigne. A part.*) Ah ! Laure ! Laure !

GERMAIN, *à part.*

Il ne se fâche pas ; voilà déjà du changement. (*courant après Sainville.*) Oserai-je demander à Monsieur où il va ?

SAINVILLE.

Je ne sais.

GERMAIN.

Ne puis-je vous offrir mes services ?

SAINVILLE, *affectueusement et lui serrant la main.*

Merci , Germain ; je veux être seul.

GERMAIN, *à part.*

Comme il m'a serré la main !

(*Sainville s'avance en rêvant jusqu'à la porte du jardin , puis par réflexion il revient sur ses pas et rentre dans sa chambre.*)

SCENE XII.

GERMAIN, puis DORMONT et LAURE.

GERMAIN, *qui a observé tous les mouvemens de Sainville.*

Cet homme-là n'a pas le fonds mauvais ; il se corrigera , j'en réponds.

(*Il va ouvrir la porte de l'appartement de Laure qui paraît avec Dormont.*)

(*Le trio suivant doit être chanté mystérieusement et à demi-voix d'un bout à l'autre.*)

TRIO.

GERMAIN.

Monsieur Dormont , et vous, Madame,
Venez, venez, il est rentré.

LAURE.

Venez, mon oncle, il est rentré.

GERMAIN.

Il avait l'air si pénétré,

Que vraiment il m'a touché l'âme.

DORMONT.

Je crois que nous réussirons.

GERMAIN.

Oui , Monsieur, je vous en réponds.

(Germain va se placer près de la porte de Sainville , afin de prévenir Laure et Dormont. Laure est au milieu du théâtre, Dormont reste à la porte de Laure.)

LAURE.

Vraiment Sainville me fait peine.

DORMONT.

Ma chère enfant, qu'il te souvienne
Qu'un seul instant, si nous cédons,
Pour jamais alors nous perdons
Le fruit de notre stratagème.

LAURE.

Non , non, vous ne pouvez juger
Ce qu'il en coûte d'affliger
L'objet de sa tendresse extrême.

GERMAIN.

Monsieur votre oncle a bien raison,
Ecoutez, suivez sa leçon.

DORMONT; GERMAIN.

Ma chère enfant qu'il te }
Oui, Madame , qu'il vous } souvienne
Qu'un seul instant, si nous cédons,
Pour jamais alors nous perdons
Le fruit de notre stratagème.

LAURE.

Non, non , vous ne pouvez juger
Ce qu'il m'en coûte d'affliger
L'objet de ma tendresse extrême.

LAURE.

Je sens que mon oncle a raison,
Oui; mais je manque de courage.

DORMONT.

Il t'en faudra bien davantage
S'il ne revient à la raison.

GERMAIN.

Monsieur votre oncle a bien raison ,
Allons, Madame , du courage.

LAURE.

J'obéis, retirez-vous.

DORMONT, GERMAIN.
Eloignons-nous.

LAURE.

Retirez-vous.

TOUS.

Courage !
Courage !

(Dormont et Germain sortent par le fond. Laure frappe à la porte de Sainville.)

SCENE XIII.

LAURE, puis SAINVILLE.

SAINVILLE, *en dedans.*

Qui est là ?

LAURE, *d'une voix timide.*

Laure.

SAINVILLE, *sortant et avec beaucoup de douceur.*

Que me voulez-vo us ?

LAURE.

Ecoute.

SAINVILLE.

Que me veux-tu, Laure ?

LAURE, *sans le regarder.*

Mon ami, je t'ai affligé.

SAINVILLE.

Je l'avais oublié.

LAURE, *à part.*

C'est bien cela. (*haut.*) Je t'ai dit des choses... que j'é-tais loin de penser.

SAINVILLE.

Je ne m'en souviens plus.

LAURE.

J'ai dû te paraître bien maussade ?

SAINVILLE.

A dire vrai, tu n'étais pas fort aimable. Ta figure surtout... oh ! ta figure était totalement changée.

LAURE.

C'est singulier.

SAINVILLE.

Non, c'est tout simple : la colère doit nécessairement enlaidir la plus jolie femme.

Avis aux Femmes.   E

LAURE, *vivement.*

Mon ami ! sois sûr que je me corrigerai.

SAINVILLE.

A présent, par exemple, tu n'es pas reconnaissable : quelle différence ! la douceur te sied si bien ! oh ! ne te fâche plus, Laure, je t'en prie, ce serait dommage, car je te trouve charmante !

LAURE.

J'ai une bien mauvaise tête, n'est-ce pas !

SAINVILLE.

Mais tu as un bon cœur ?

LAURE.

Je le crois.

SAINVILLE.

Ton retour me l'assure.

LAURE.

Si je te priais de me pardonner.

SAINVILLE, *la regarde tendrement et se jette dans ses bras.*

Laure, tu feras des efforts pour réprimer ton caractère ?

LAURE.

Je te le promets ; mais tu me donneras l'exemple ?

SAINVILLE.

Tu peux y compter.

LAURE.

Bien vrai ?

SAINVILLE.

Tu verras. Je brûle de trouver l'occasion de te prouver que je puis avoir cet empire sur moi-même.

LAURE.

Et moi, je te promets de n'avoir pas un seul emportement tant que tu sauras te contraindre.

SAINVILLE.

Ainsi donc, si je surmonte ma vivacité ?

LAURE.

Alors, je penserai que je puis, que je dois avoir la même force.

SAINVILLE.

Eh bien ! mon amie, nous voilà corrigés.

LAURE.

Tu le crois !

SAINVILLE.

Je t'en réponds.

LAURE.

A la bonne heure ! mais il est déjà tard et nous n'avons pas encore déjeûné.

SAINVILLE.

C'est vrai. André !

LAURE.

Germain !

SAINVILLE, *plus fort.*

André !

LAURE, *de même.*

Germain !

SAINVILLE, *avec impatience.*

André !

LAURE, *de même.*

Germain !

(*Sainville va près d'une table, prend une sonnette et fait un bruit horrible en sonnant et en appelant de toutes ses forces Laure en fait autant de l'autre côté du théâtre. Au moment où André entre, tous deux lui jettent leur sonnette dans les jambes.*)

SCENE XIV.

LES PRÉCÉDENS, ANDRE.

ANDRÉ.

Me voilà, Monsieur.

SAINVILLE.

Le chocolat.

ANDRÉ.

Plait-il, Monsieur ?

LAURE.

Mon chocolat.

ANDRÉ.

Je n'connais pas ça, Madame ; comment c'est-il fait du chocolat ?

SAINVILLE, *impatienté, appelle.*

Germain !

LAURE, *avec humeur et se mettant dans un fauteuil.*
Il est bien déplaisant d'être aussi mal servi.

SCENE XV.
LES PRÉCÉDENS, GERMAIN.

GERMAIN.

Qu'est-ce qu'il y a pour votre service, Monsieur ?

SAINVILLE.

Le déjeûner.

GERMAIN.

Je m'en occupe, Monsieur; mais je ne vous réponds pas qu'il soit bien excellent. Dam ! il faut s'accommoder de ce qu'on trouve, quand on ne peut pas mieux faire. Vous n'avez plus ni cuisinier, ni maître-d'hotel, ainsi il ne faudra pas vous plaindre si ce n'est pas fait à votre goût.

SAINVILLE, *à part.*

Il a raison !

GERMAIN.

Faut-il l'apporter, Monsieur ?

SAINVILLE.

Oui.

GERMAIN, *à André.*

Va chercher ces belles tasses qui sont sur la cheminée dans la chambre de Madame.

ANDRÉ.

Oui, mon parrain.

GERMAIN, *bas.*

Tu les laisseras tomber en les apportant.

ANDRÉ, *bas.*

Laissez-donc ! Je ne me charge pas d'ça du tout.

GERMAIN, *bas.*

Fais ce que je te dis.

ANDRÉ, *bas.*

Ma foi, non. Faites vos maladresses vous-même si vous voulez, mais je n'm'en mêle plus.

GERMAIN, *le poussant.*

Eh ! va donc ! (*il sort.*)

ANDRÉ, *à part.*

J'voudrais pour un d'mes bras, n'pas être dans leur chienne de confidence. (*il entre chez Laure.*)

SCENE XVI.

SAINVILLE, LAURE, puis ANDRÉ.

SAINVILLE.

Ce soir, mon amie, je m'occuperai de remplacer les gens
qui te manquent.

LAURE, sèchement.

Je l'espère.

*ANDRÉ, revient avec un cabaret à la main et se laisse
tomber en sortant de la chambre de Laure.*

V'là des tasses, Madame!

LAURE, se retourne, et dit avec effroi.

Ah! mon dieu!

ANDRÉ, se relève et dit avec un grand sang-froid.

Qu'est-ce que c'est donc, Madame?

SAINVILLE, en colère.

Mal-adroit!

LAURE.

Mon joli cabaret!

SAINVILLE, à part.

Modérons-nous.

LAURE, élevant encore plus la voix.

Qui t'avait prié de te charger de ce soin?

ANDRÉ, sanglottant.

Mon parrain, Madame.

LAURE.

Ton parrain n'a pas le sens commun.
(*Sainville paraît étonné de la colère de Laure et il se ra-
doucit.*)

ANDRÉ.

C'est dans la famille, ça, Madame.

SAINVILLE, bas à André avec douceur.

Dis donc que tu ne l'as pas fait exprès.

ANDRÉ.

Je ne peux pas dire ça, Monsieur, (*à part.*) puisqu'on m'a
ordonné de les jeter par terre.

SAINVILLE, à part.

Il semble que tout aujourd'hui se réunisse pour lui donner
de l'humeur.

LAURE.

Chosir précisément ce petit meuble que je conservais a
tant de soin. (*avec tendresse.*) C'est toi qui me l'avais don
Sainville.

ANDRÉ.

Dam ! j'n'y saurais qu'faire ; mais on n'm'a pas engagé p
être femme-de-chambre.

LAURE.

Fort bien !

SAINVILLE, *qui jusque là s'est modéré avec beaucou
d'effort.*

Tais-toi.

ANDRÉ.

Tant qu'on m'parlera, il faut ben que j'réponde, sans
j'aurais l'air d'une bête.

SAINVILLE, *s'enflamant toujours plus.*

Te tairas-tu ?

ANDRÉ, *sanglottant.*

Après tout, je n'sis pas fait pour être rudoyé d'la sor
Quand on n'est pas content des autres on s'sert soi-même !

SAINVILLE, *s'élançant sur André, qu'il saisit fortcme
au collet.*

Coquin !

ANDRÉ.

Ah ! mon dieu ! j'sis mort !

LAURE, *veut se mettre entre Sainville et André.*

Mon ami :

SAINVILLE, *la repoussant vivement du côté du fauteuil.*

Laissez-moi, Madame, suis-je donc un enfant ? et n'ai-
pas le droit de traiter mes gens comme ils le méritent ?

LAURE, *les larmes aux yeux.*

Je ne croyais pas que vous eussiez celui de maltraiter vo
tre femme. (*elle tombe dans un fauteuil.*)

SAINVILLE, *quittant André qui se sauve.*

Te maltraiter !... moi ! juste ciel !... et tu l'as pu croire
(*il se jette à ses genoux.*) Pardon, mon amie, mille fois par
don de ma vivacité. (*s'appercevant de l'accablement d
Laure.*) O ciel !... Malheureux ! qu'ai-je fait ! et personn
pour la secourir. (*il sonne et appelle.*) Germain ! André

(*il revient à Laure et lui prend la main.*) Laure ! mon amie, reviens à toi !... maudit emportement ! oh ! jamais, jamais! je veux me modérer, me contenir désormais ; je sens que cela fait trop de mal. (*il court au fond.*) Germain ! André ! (*il s'emporte.*) Ils ne viendront pas, les misérables ! (*il sonne très-fort, et frappe la terre du pied , il est comme en délire.*) S'ils étaient-là... devant moi... je ne sais jusqu'où je me porterais.

LAURE, *d'une voix faible.*

Toujours furieux !

SAINVILLE, *avec ivresse.*

Ah ! la voilà !.. (*il se jette à genoux près d'elle.*) Laure, tourne les yeux vers moi.

LAURE.

Ah ! mon ami, combien tu me fais de mal ?

SAINVILLE.

Oui ! je suis un furieux , un monstre indigne de posséder un ange tel que toi. Mais cette scène a produit sur moi une impression terrible, ineffaçable , je me corrigerai, je te le promets, je le jure par ces larmes précieuses, les premières et les seules que je te ferai jamais répandre.

LAURE.

Comment veux-tu que je compte sur tes promesses ?

SAINVILLE.

Ce n'est que de ce moment que je connais tous mes torts envers toi ; mais crois bien, mon amie, que ce cœur les sent vivement et qu'il brûle de les réparer. Laure, pardonne-moi.

LAURE.

Ne l'es-tu pas déjà ?... (*Sainville l'embrasse.*)

SCENE XVII.

LES PRÉCEDENS, GERMAIN, puis ANDRÉ.

GERMAIN, *apportant le chocolat.*

Et bien, voyons... qu'est-ce que tu me dis ? qu'est-ce que tu me demandes ? Prends donc garde , tu vas me faire renverser le chocolat... (*voyant les débris de la porcelaine.*) Ah ! c'est donc toi... Comment, Monsieur ?

ANDRÉ, *à part.*

Il va peut-être me gronder à présent : il est joli celui-là !

LAURE, *à part.*

Mettons Sainville à une dernière épreuve. (*haut à Germain à qui elle a fait un signe d'intelligence.*) Mais, c'est moins à lui qu'à vous que je m'en prend.

GERMAIN.

A moi, Madame ?

SAINVILLE, *se mettant entre lui et Laure.*

(*Bas.*) Ne lui réponds pas.

GERMAIN, *bas.*

Non, Monsieur, je ne lui répondrai pas.

LAURE.

Oui, à vous. Si vous faisiez ce dont vous êtes chargé, cela ne serait pas arrivé.

GERMAIN.

Mais, Madame, je ne peux pas être partout.

LAURE.

D'ailleurs, votre conduite indiscrète, vos confidences à Monsieur.

GERMAIN.

Mes confidences ! Madame, j'ai cru bien faire.

LAURE.

Non. Je vous connais maintenant, vous êtes un mauvais serviteur. Qui vous a permis de faire entrer ici votre filleul ? nous sommes nous engagés à recueillir toute votre famille, au risque de tout ce qui peut en résulter ?

GERMAIN.

De tout ce qui peut en résulter ! ma foi, écoutez donc, si vous n'êtes pas contente, je ne le suis guère non plus.

SAINVILLE, *bas à Germain.*

Modère-toi, mon ami.

GERMAIN, *bas.*

Je me modère, Monsieur.

LAURE.

Je connais depuis long-tems votre insouciance, votre in-gratitude.

S A I N V I L L E, *avec douceur.*

Peux-tu traiter ainsi ce bon vieillard ?

G E R M A I N, *enchanté et à part.*

Mon ingratitude ! c'est bien cela !

L A U R E.

Les égards qu'on avait cru pouvoir accorder à votre âge
et à de longs services, vous ont énorgueilli au point de vous
faire croire que vous pouviez impunément oublier ce que vous
devez à vos maîtres ; mais je saurai vous rappeler au respect,
ou vous irez ailleurs finir vos jours.

S A I N V I L L E, *bas à Laure.*

Laure ! quelle dureté !

G E R M A I N.

Après trente ans de service !... je m'en vais, Madame.

S A I N V I L L E, *arrêtant Germain.*

Non, Germain, tu ne t'en iras pas. Pardonne à ma femme
un moment d'humeur dont elle n'est pas maîtresse, tu le sais,
tu me l'as dit toi-même ; et crois bien que son cœur dément
tout ce que sa bouche a proféré d'injurieux et d'affligeant
pour toi. (*avec beaucoup de sensibilité.*) Demeure avec nous,
bon Germain, Laure se souviendra que tu as élevé son en-
fance, guidé ses premiers pas : si jamais elle pouvait l'oublier,
c'est dans mes bras, sur mon cœur que tu trouverais un asile
et des consolations. (*il l'embrasse.*)

L A U R E, *à part, avec joie.*

Il est corrigé !

G E R M A I N, *à part.*

Me voilà raccommodé avec lui.

S A I N V I L L E, *affectueusement à Germain et André.*

Laissez-nous, mes amis.

G E R M A I N.

Oui, Monsieur, nous vous laissons.

A N D R É, *à part.*

Tiens, mes amis ! v'là la première fois qu'il nous parle
comm'ça.

(*Germain enchanté sort en se frottant les mains. André
l'accompagne*)

Avis aux Femmes.   F

SCENE XVIII.
SAINVILLE, LAURE.
FINALE.

SAINVILLE, *vivement et avec tendresse.*

Tu m'avais promis, chère Laure,
Que tu saurais te corriger;
Mais sans égard pour l'époux qui t'adore,
Tu n'as pas craint de l'affliger.

LAURE.

Ne m'as-tu pas juré, Sainville,
De ne jamais plus t'emporter?
Me corriger devenait inutile,
Tu n'as rien fait pour le tenter.

SAINVILLE.

Ce bon Germain! ah! quel caprice!

LAURE.

Ce pauvre André! quelle injustice!

SAINVILLE, LAURE.

Avec toi, je suis d'accord;
Oui, tous deux nous avons tort.

LAURE, SAINVILLE.

Ta volonté sera la mienne;
Pas un vœu que je ne prévienne;
L'un par l'autre chéris toujours,
Exempts de soucis et de peines,
Nous atteindrons le terme de nos jours
En bénissant nos chaines.

(*A la fin de cet ensemble, Laure et Sainville s'embrassent.
On sonne très-fort au bout d'un moment.*)

SCENE XIX ET DERNIÈRE.
LES PRÉCÉDENS, DORMONT, ANDRÉ, GERMAIN.

ANDRÉ, *en dehors.*

Monsieur! Monsieur!

SAINVILL.

Qui vient ici?

ANDR, *accourant.*

Je vous annonce un bon convive,

Monsieur Dormont...

SAINVILLE, LAURE.

Ton
Mon } oncle...

ANDRÉ.

Arrive.

Mon parrain le conduit.

LAURE, SAINVILLE.

Courons !

ANDRÉ.

Bah ! le voici.

LAURE.

C'est lui ! c'est l'oncle le plus tendre.

DORMONT, *entre avec Germain.*

Embrassez-moi , mes bons amis ;
C'est un peu tard que je viens vous surprendre;
Mais près de vous avant que de me rendre ,
J'ai voulu, mes enfans , terminer à tout prix
Une affaire très-importante ,
Dont le succès a passé mon attente.

LAURE.

Ainsi donc...

DORMONT.

Tous mes vœux sont remplis.
Partagez mon ivresse ;
Je viens , heureux époux,
Vous donner ma tendresse ,
Et recevoir de vous
D'aimables soins qui me rendront plus doux
Les derniers jours de ma vieillesse.

LES QUATRE AUTRES.

Quoi ! pour toujours vous venez parmi nous ?

DORMONT.

Oui , pour toujours.

LES QUATRE AUTRES.

Quel transport ! quelle ivresse !

SAINVILLE, *à part.*

Il faut que j'apprenne à M. Dormont l'heureux changement que j'ai opéré dans le caractère de sa nièce ; je suis sûr que cela lui fera plaisir. (*haut et tirant Dormont à l'écart.*) Mon oncle, vous connaissiez le défaut de Laure ; vous avez été quelquefois témoin de ses emportemens ?

DORMONT.

Et bien ?

SAINVILLE.

J'ai entrepris de la corriger et j'y ai réussi.

DORMONT.

En vérité ?

SAINVILLE.

Ne croyez pas que j'aye employé les reproches ou l'aigreur ; j'ai prié , j'ai su pardonner à propos...

DORMONT.

Et l'on s'est corrigé ?...

SAINVILLE.

Oui ; maintenant Laure est des plus aimables.

DORMONT.

C'est fort bien ! mais qui nous répondra qu'un changement si prompt soit sincère et durable ?

SAINVILLE.

Moi , mon oncle !... j'ai pour garans son amour, sa raison , mes soins constans pour lui plaire , ma douceur...

DORMONT, *vivement.*

Ta douceur ! oui , c'est là surtout ce qui doit la corriger pour toujours.

SAINVILLE.

Oh ! je jure par l'amour , l'honneur , par tout ce que je révère , de ne me livrer jamais au plus léger emportement.

DORMONT, *souriant avec malice.*

Comment ! est-ce que cela t'arrivait aussi...

SAINVILLE, *souriant.*

Quelquefois , mon oncle.

DORMONT.

Oh ! cela n'est pas possible.

SAINVILLE.

C'est la vérité.

DORMONT.

Allons ! tu plaisantes !

SAINVILLE.

Non, j'en conviens à ma honte et vous pouvez m'en croire.

DORMONT.

D'après ce que tu me dis là , il me vient une idée...

SAINVILLE.

Voyons , mon oncle.

DORMONT.

Tu crois bien fermement que c'est toi qui as corrigé ta femme ?

SAINVILLE.

Oh ! pour cela , il n'y a pas de doute.

DORMONT.

Et moi je suis tenté de croire que c'est le contraire.

SAINVILLE.

Quelle idée !

DORMONT.

Ne serait-ce pas , par hasard , Laure qui aurait employé cette petite ruse pour te faire voir toute la difformité d'un pareil caractère et les suites funestes qu'il peut entraîner ?

SAINVILLE.

Oh , mon dieu , non , cela n'est pas possible.

DORMONT.

Tu le crois ?

SAINVILLE.

J'en suis sûr.

DORMONT.

Cependant depuis seize ans que je la connais , l'égalité de son caractère, son amabilité, sa douceur angélique ne se sont pas un instant démenties.

SAINVILLE.

Que dites-vous ?

DORMONT.

La vérité.

SAINVILLE.

Est-il possible ?... Laure !... tu m'aurais trompé ?

LAURE , *souriant tendrement.*

Non pas moi , mais demande à mon oncle...

SAINVILLE.

Ce sourire... ton embarras... ce changement subit... les confidences de Germain , tout m'éclaire. (*il se jette aux pieds de Laure.*) Femme charmante ! le moyen de résister à une leçon aussi aimable ?

LAURE.

Pardonne-moi , Sainville.

SAINVILLE.

Te pardonner, quand, par cette ruse ingénieuse et tou-
chante, tu viens d'assurer le bonheur de ma vie !... ah ! je
jure...

LAURE.

Garde tes sermens, mon ami, mais laisse-moi ton cœur.

GERMAIN.

On a bien raison de dire, morgué ! vivent les femmes pour
faire de nous tout ce qu'elles veulent ?

LAURE.

Je n'ai fait qu'obéir à mon oncle.

DORMONT.

Oui, c'est moi qui ai l'honneur de l'invention.

SAINVILLE.

Comment ?

DORMONT.

Nous te conterons cela.

ANDRÉ.

Oui, nous vous conterons tout cela. Mais convenez qu'vous
avez été bien heureux de m'avoir pour faire vos maladresses,
et qu'sans moi ça n'aurait pas été si rondement.

GERMAIN.

Pardine ! il n'y a pas grand mérite à cela ; nous avions besoin d'un garçon alerte, intelligent.

ANDRÉ.

Et vous m'avez choisi ! c'est tout simple.

DORMONT, *à Sainville.*

De te corriger en un jour
L'espoir serait une folie ;
C'est aux grâces, c'est à l'amour,
A rendre l'épreuve accomplie.
Si par fois un moment d'humeur
Vient encore troubler ton âme,
Pour retrouver ton précepteur,
Tu viendras embrasser ta femme.

ANDRÉ.

Ah ! mon dieu, mon dieu, quel tourment
On éprouve dans l'mariage !
C'est bien difficile vraiment
D'avoir la paix dans son ménage.

Si d'être au nombre des maris
Queuqu'jour le d'sir entre en mon âme,
Je f'rai comme les époux d'Paris,
J'srai toujours de l'avis d'ma femme.

    S A I N V I L L E, *au public.*

Par fois un titre trop piquant
Arme la critique sévère ;
De cet *avis*, sexe charmant,
L'auteur n'a cherché qu'à vous plaire.
Il sait que pour polir les mœurs,
Elever, ennoblir nos âmes,
Pour plaire et subjuger les cœurs,
On ne peut rien apprendre aux femmes.

F I N.

132

9 782329 078502